콜리플라워

콜리플라워

이소연 시집

창비

차
례

제 1 부

수건은 시간을 옮긴다

우리 집 수건

지푸라기같이 뻣뻣한 수건을 걷으며
해가 참 사납구나

수건 속에는 무엇이 있는가
아침의 얼굴이 있는가
저녁의 육체가 있는가

창밖에 널린 수건들
바람은 뒤집히고
뒤집힌다

수건은 다른 것과 섞이지 않는다
수건부터 널고 수건부터 개킨다
팔도 없고 다리도 없는 단순한 사각
수건은 많고 수건은 모자란다
바짝 마른 평면을 접는 일에 애착이 생긴다

수건은 시간을 옮긴다 냄새를 옮긴다
수건이 수건에서 빠져나온다

내가 발을 닦은 수건으로
남편이 얼굴을 닦는다
발을 닦은 수건이 얼굴을 닦은 수건보다 더러울 것 같진
않은데
발이 알면 억울할 일
말하지 않기로 한다
시를 읽다가
발 닦은 수건으로 얼굴을 닦은 걸 알게 될 수도 있다
수건이 나를 두른다

거기 수건 좀…

돌잔치나 회갑연마다
수건을 돌리고
어제는 출판기념회에서
새 수건을 받아 왔지만
수건이 모자란다

수건으로 열리고 닫히는 집, 나는 마지막 수건을 꺼내

얼굴을 닦는다 최근에 가져온 수건이다

수건은 스물아홉장, 아직 하나가 모자란다

사슴뿔 자르기

에도시대부터 시작된 나라공원의 전통 행사

상처 입지 않기 위해
서로의 가장 빛나는 뿔을 잘라내야 한다면

아프지 않을 수 있나요

사슴은 뿔을 잘리고도 풀을 뜯고
길가에선 가지 없는 나무가 자랍니다

콜리플라워

콜리플라워가 암에 좋다니까 사 오긴 했는데
어떻게 먹어야 할지

"난 꽃양배추보다는 사람들이 더 좋아"*
댈러웨이 부인은 이 말을 다른 말과 헷갈리고
나는 이 말을 누가 했는지 헷갈린다

조난당한 사람들이
들판에 쌓인 눈을 퍼 먹는 장면을 봤다
콜리플라워 맛이 난다

진동벨이 울린다
암 걸린 애가 커피 가져와
암에 걸리면 맘에 걸리는 말이 많다
아픈 건 마음밖에 없네
눈 뭉치 속에 숨겨놓은 돌멩이를
믿고 싶다
흰빛이 나를 뚫어지게 쳐다본다

내가 한 말들이 맘에 걸려 있다
아파트 화단에 10층에서 떨어진 이불이 걸려 있다

엄마가 동영상을 보냈다
나의 여인이 어쩌고저쩌고하는 트로트 음악이 깔리고
꽃을 찍은 사진 위에 수놓은 건강 상식
첫 페이지는 오이와 양파를 꼭 먹으라는

이런 건 도대체 누가 만드는 거야

나뭇가지가 휘어지는 밤
흰 눈을 퍼 먹는 기분으로
동영상을 끝까지 본다

* 버지니아 울프 『댈러웨이 부인』, 최애리 옮김, 열린책들 2009.

15

관람

결혼하기 전에는 천경자의 그림을 봤고
아이 낳고 와서는
미술관 바깥의 매미와 잠자리
구슬아이스크림과 아이스아메리카노
슬리퍼와 나른한 오후를 봐

미술관에서 나는 그림에 섞이지 않고
색이 두른 침묵이 불편하다

흔들의자가 있고 미루나무가 있고 산책로가 있는
북서울미술관 야외 데크

지렁이를 뱀이라고 부르는 아이들이 있고
죽은 지렁이에 개미가 모여 있다
관람이라는 말이 조금 낯설어

미술관에 오니까
여기저기 다 관람 중

어떤 사람은 귀뚜라미 뒷다리만 걸어놓고
가을이라 하겠지
그런 건 즐겨도 되는 걸까

바람은 제 갈 길로 가 저물면서
왜 나뭇잎을 뒤집고 가는지

나는 왜 완벽한 엄마가 되지 못할까
내 품에서 떨어져 나온 아이를 보고 있으면
삶이 화폭 같고 전시회 같고 미술관 같아

뱀을 쏟아놓고 간다, 저 여자
작은 머리통을 달고 다니는 그림자들
삶을 버리고 싶을까
그게 아니라면 어떤 자세를 갖춰야 하나

사실 그림은 색으로 덮은 것이 아니라
색에서 빠져나온 여백이라는 것

걸음마를 뗀 아이가 달리기를 시작했다

집 옮기기

너와 내가 키스를 하고 있을 때
두부 사러 가는 아이가 있다

수생식물처럼 떠 있던 집이 부서진다
빛이 으깨지는 여름이라면

키스가 입술의 일은 아니지
혀와 혀가 모서리를 접고
기둥을 접고 지붕을 접어
집 옮기는 놀이 같다

너는 음악 옮기길 좋아하고
나는 오늘 너의 집을 옮기는 중이야
삼각 지붕은 뾰족한데 안은 둥글어
절벽에 붙어 있는 바위솔처럼
'밀착'이라는 말은 너를 통해 배운다

돌아가야 할 집이
내 혀에 있다면

너는 내게 키스하겠지
남쪽 마당에는 꽃이 피었다는데
스페인 북부는 대설주의보야
너의 집을 옮길 때마다 나는
시드니를 지나쳐 온
지진 소식을 들어

나의 혀가 보관하고 있는 너의 첫 집
몇살이더라, 삼키지도 못하고
영원히 뱉지 못하는 해와 달 같은
집이 남았다

모른 척하기

은행나무*하고 말하고 싶어 거기에 간다면
날 미친 사람이라 하겠지
나무에게 말을 거는 사람 중에 나쁜 사람 없어
미쳤다는 증거지
나무가 돈다는 생각
그래서 지구가 돌고 있다는 생각

은행나무는 새를 삼키고
지구 반대편을 돌아온 봄을 내어주지

다큐멘터리를 찍고 싶다
수령이 여러번 바뀌어도
바뀌는 건 아무것도 없는
안다는 건
돌고 돌아 모르는 것이 된다
무성한 새를 사랑하듯
지금껏 가둔 물빛을 다 꺼내는 중

물이 가득 든 은행나무를 마셔보고 싶다

새장에 든 작은 물그릇은
플라스틱으로 만들어졌고
새는 언제나 물이 든 나무를 향해
떠나고 싶어 했다

나무는 종이를 용서할까
까진 무릎을 떠올리며
모른 척 수피를 벗겨 쓴다
모르는 것도 죄가 된다던 사람들이
아는 건 뭐였는지

그런데 여긴 왜 왔을까
몸에 붙어 있는 저 푸른빛을
누가 잎이라고 했을까
내가 가진 잎을 너는 눈동자라 부르고
눈을 감으면
떨어지는
잎새
뿌리가 허물을 껴입고 자란다

그 무엇도 버리지 않겠다는 듯

육백년을 덮고 있던 흙이 갈라진다
두더지가 태어나 가장 오래된 뿌리를 타 넘는다

자식 아홉을 둔 시어머니가
자식들을 모두 이끌고 와서
나무의 둘레를 재는 상상을 한다
모르는 채로 혈육의 손을 잡는 의식

가지 많은 나무에 붙은 바람들
바람이 바람을 쐰다

좋다

백번 넘게 가도
나를 모른 척하기

또 오라고

목이 타는 순간마다
말이 하고 싶다
말 속에 물이 지난다

* 서울 도봉구 방학동에는 육백살 은행나무가 산다.

버렸다, 불 질러 버렸다

아버지는 죽은 할머니의 옷가지를 버렸다, 불 질러 버렸다. 마당 귀퉁이에서. 장롱에서 꺼내 온 스웨터. 할머니의 새 옷. 가장 아끼던 피부. 오그라든다. 솟구친다. 연기가 넘친다. 독하다. 마스크도 없이 아버지는 할머니를 한번 더 태운다. 나는 그 옆에서 한번씩 지붕 위로 솟구치는 불씨를 바라본다. 포항은 바람이 많은 도시. 철이 많은 도시. 굴뚝이 많은 도시. 비가 없는 도시. 죽음 앞에서 불 앞에서 나는 심부름을 잘하는 아이. 한나절 동안 아무 말 않고 아버지는 할머니를 버렸다, 불 질러 버렸다. 죽음이 이렇게 가벼운 것이잖아. 해 지는 쪽에서 한번 더 불탄다. 생긴 대로 살라는 말, 생긴 대로 먹으라는 말, 그것이 할머니의 마지막 말. 나는 운동화를 꺾어 신고 풀뱀처럼 울었다. 나에게서 아버지와 똑같은 냄새가 났다. 그을음 같기도 하고 할머니 방 안에 날리던 용각산 가루 같기도 했다. 할머니는 아버지와 나를 버렸다, 불 질러 버렸다. 죽지 못해 살았던 작은 방에서.

코번트리 부인

코번트리 부인의 방은 엉망이지만
안경을 고쳐 쓰는 아이를 위해
안경을 닦아두는 버릇이 있습니다

뺨에 지울 수 없는 흉터가 있지만 그래도
괜찮습니다 프랑스식 정원을 가꾸고 싶어요
식물을 말려 죽이는 것보다 물로 죽이는 경우가
많습니다 방치해서 죽이는 것은 없었어요

코번트리 부인은 셔츠 위에 조끼를 껴입고
치마를 입어요 그다지 어울리진 않아요
머릿속으론 완벽했지만요
땅바닥에서 한뼘 떨어진 치마들은
종일 걸어요 바닥에 닿고 싶다는 듯

언덕과 바다가 이어진 곳을 좋아하는
코번트리 부인, 보아야 할 것은 꼭 봅니다
그것이 책이든 영화든 죽은 외할머니든

할머니, 할머니, 백작 부인에게
벗은 몸으로 말을 타고 마을을 한바퀴 돌면
세금을 감면해주겠다고 말한 사람이
다름 아닌, 남편이래요
백성들의 고통은 여자의 고통이고
세상의 여자들은
남자가 할 수 없다고 생각하는 일을
해내면서 살고 있죠

그림보다 미술관에 같이 간 친구가
보고 싶어요
한달에 한번 칼럼을 쓰지만
읽는 사람이 있어서 두려워합니다

코번트리 부인이 완전히 깨어나는 시간은
오후 두시,
소파에 앉아 남편이 허락한 것들을 포기합니다
아이가 학교에 갔는지
방문을 열어봅니다

"엄마, 울지 마세요"
아무것도 허락하지 않아요
어젯밤 그 아이는

보통 이렇게 말하죠
"엄마, 숙제 다 했는데 조금만 놀아도 돼요?"

휴 그랜트의 아내 코번트리 부인이 퓰리처상을 받았다

엄청 큰 무대에서 내려온 코번트리 부인은
수많은 테이블 사이를 지나며
기쁨의 인사를 나누었다
테드 휴스 또한 수상을 축하하기 위해 자리에서 일어나
환한 얼굴을 하고 그녀를 껴안았다
테드 휴스는 그녀의 귀에 대고 속삭였다
"모자라서를 모라자서로 쓰셨어요"
오타를 발견한 것이다
이 좋은 순간에
축하를 받는 이 기쁜 순간에
그녀는 손을 잡힌 것처럼 얼굴이 달아올랐다

정말 끔찍한 꿈이로군!

꿈에서 깨어나자마자 나는 마감한 원고에서
꽃 이름을 잘못 쓴 걸 발견했다

실수를 축하하는 문명이 있다면
나무도 원숭이에서 떨어진다

작가님,

골드매리는 매리골드가 바른 표기입니다

규범 표기는 마리골드입니다

정말 축하합니다

착각하기 좋은 꽃 이름 연구회에 자동 가입되었으며

부상으로 저희 출판사에서 나온 신작 소설집을 보내드릴
게요

비행기를 타야 하는데

비행기가 떠났어요

취소해주실 수 있을까요?

지나간 날짜의 항공권은 취소할 수 없습니다

진심으로 축하드립니다

비행 날짜 확인 어플 개발원에 탑승자 이름으로 해당 항
공비만큼 후원되며

축하의 마음을 담아 5성급 호텔 숙박권 두장을 드리겠습
니다

그러니까 실수의 진정한 의미에 대해서 생각해보고 있다

그를 옹호해야 살아남는 세계를 알아버렸으므로
실수를 축하하는 문명까지 만드는 지경에 이른다면
그것도 좀 너무하다 싶은데
꿈에서조차 여성의 실수에 주목한 것을 반성한다

나는 단지 여성의 성공을 조명하고 싶다
오롯이 축하하고 싶다

꿈에서 본 문장은 틀렸다

코번트리 부인은 퓰리처상을 받았으나
휴 그랜트의 아내가 아니었고
(코번트리 부인은 코번트리와 결혼했겠지)
어쨌든 그녀는 실수로 상을 받은 것이 아니다

저 꽃은 저물 무렵

화장실에 꽃을 두고 왔다
모래사장에 짐을 내려놓고서야 생각났다

매리골드는 처음이잖아

이러니까 그리운 게 나쁜 감정 같네
누굴 주려던 건 아니지만
두고 온 꽃을 가지러 갈까?
이미 늦은 일이야
그냥 평생 그리워하자

꽃을 두고 왔어
내가 말했을 때
우리 중 평론가만이 그걸 가지러 갔다

나는 소리친다
지하 2층에 있어!
화장실 비밀번호는 꽃집 데스크에!
해변에서 자꾸만 멀어지는 등

뒤를 돌아본 것도 같고

가방 속에서 지갑을 꺼내려는데
말벌 한마리가 붕붕거린다

여기 있었네

왜 꽃을 두고 왔다고 했을까?
너무 오래 기다린다
어느 화장실을 뒤지고 있니
없으면 그냥 와도 되는데

눈앞에서 평론가가 사라졌다

지갑만 꺼내려다
반복하고 싶지 않아서
커다란 가방을 둘러메고 바닷가를 걷기 시작한다

모래사장은 끝이 보이지 않아 저물 무렵 죽는다지

이제 그만 돌아와

내가 잘못했어

뭍은 뭍으로 걸어가 언덕이 되고

평론가가 온다

저 꽃은 내가 두고 온 것이 맞다

연필선인장 키우기

언 것은 녹고 녹은 것은 얼었다
바깥은 겨울
실내 온도 24도

말라 죽었다
연필선인장

물도 이주에 한번씩 줬는데
석달에 한번 줘야 했을까

당신은 내게 왜 이런 것을 선물로 줬을까

뿌리부터 썩은 식물
원래 그렇게 태어난 것처럼 서 있다
죽었어도 버리지 않았다
연필이 될지도 모르니까

십년째 무사한 스투키 옆에서
쓰고 싶은 게 있구나

마르고 싶다 나도

말라서도 여전히 아름다운 식물들
되뇌다보면
연필선인장이 다시 살고 싶다고
중얼거렸으면 좋겠다

TV장 위에 연필선인장
자라는 것 같다
대꾸도 없이 물도 없이

보석감정사

보석은 완벽하지 않은 생물 같죠
꿈틀거리니까요

어둠을 꺼내는 사람이 세공사라면
생물이 자라 사랑하고
쓰고 남을 아름다운 힘을 찾는 사람이 바로 접니다

이상하게 생각하지 말아요
감정사에게 필요한 것은 나흘에 한번씩 얼굴이 바뀌는
생물을 골라내는 일이죠

보석을 망치는 건
다름 아닌 빛이라는 걸

빛 속에선 속기 좋아요
빛 없는 곳에서 기다린 것은 빛이 아닙니다
돌이나 철이었을 때부터 간직한 비밀이죠
저도 함부로 건드리지 못해요

생물들은 끔찍한 순간을 가장 오래 기억하는데
사람만이 그 순간을 영원히 망칩니다

죽어서 만난다는 아름다움보다
사라졌다는 아름다움을 더 좋아해요

밤을 새우지 않아도
어둠이 잘 보여요

얇은 겉옷을 챙기는 날씨에
야경이 예쁜 것도

사람들은 왜 예쁜 것만 좋아할까요

보석처럼 죽게 될까봐
보석처럼 살게 될까봐

긁힌 마음이 보석을 갖게 되면
평화가 오고

정작 평화는 세습되는 감정 중의 하나인데요
보석은 생각보다 약해서
다시 올 기쁨보다 슬픔을 잘 깨뜨립니다

그러니까 보석을 생물로 믿는 만큼
딱 그만큼의 아름다움 속에서 저는 살고 있답니다

애덤

치통이 오듯 느닷없이
달도 얼고 잎사귀도 어는 추위가 번진다
고양이들이 막, 주차된 자동차 엔진 아래로
숨어들었다
북극곰이 뱉은 숨이 보이는
이런 날 아침에는 새로 산 코트 주머니에
손을 집어 넣
집어 넣 넣 넣 넣지 못한다
호주머니 입구가 막혔다
'광운대'로 시를 써야 하는데 입구가 막혔다

"광운대 가봤어?"
"조금 수치스러운 기억이 있어"

막혔다는 것은 뚫릴 곳이 있다는 증거
운동장을 걷는 기분으로
한켤레의 신발이 벗어둔 발자국들
걸을 수만 있다면 벗어둘 것이 남아 있다
늦가을을 빌려주는 마음으로

기억을 빌려줄 수 있다면 좋겠네

나는 친구의 기억이 풋풋하기만 하고

저걸 빌리면 시를 쓸 것만 같은데 밑줄도 그을 수 없고 모서리를 접을 수도 없는 책처럼

내 것 아니게 놓여 있다

금세 또 혼자 있어야 편해지는 숲길을 끼고

창문이 물웅덩이를 어떻게 들일까

하는 그런 생각으로 놓여 있다

무지개는 빛과 물방울을 빌려 뜬 몸이라서

사라진다 영혼이란 그런 순간들의 흔적 같고

급, 동면과 불면도

한 몸이라는 것, 왜 한 몸인데도

손등은 따사롭고 발은 찰까

"광운대에 아이스링크가 있어"

"거기 아이스링크가 있다는 걸로 어떤 시를 쓸 수 있는데?"

밤의 트랙에 별이 내려와 앉듯
나는 영축산 그림자에
잠겨본다, 아니 감겨본다
두 귀는 잘 붙어 있어
스케이트 날이 얼음을 베는 아이스링크가 잘 보인다

돌려세우기

저녁을 담아놓은 자루 같다
저 하늘
껍질이 있다는 듯
벌어져 있다

아침을 위해 저녁을 쏟아붓는다는 듯

바람을 붙잡지는 못해도
마음을 붙잡는 법은 알아

자루 같은 몸에서
오늘은

바람 끝에 풀이 가늘게 자랐다

제 2 부

후회는 인간을 통해 말하고 싶어 한다

기부

"너는 몸 안에 든 바람을 꺼내줘야 해"
이건 엄마가 한 말
내 몸에 바람이 들었다고 생각하는 게 좋은데
꺼내줄 생각을 다 하네

가나의 가난한 상인들은 '죽은 백인의 옷' 한꾸러미를
25달러에 사고
나는 오늘 헌옷수거함에 옷을 잔뜩 버렸다
청재킷 하나 옆구리 봉제선이 터져 있었는데

"기부라는 말 뒤에 숨어 문제를 떠넘기지 마라"*
이런 문장을 신문에서 읽었고
그날 밤엔 황인찬 시인이 '도봉산역'에 대해 시를 쓰자고
했다

그리고 잠 속으로
망치를 들고 들어갔다
엄마 몰래 떠나온 곳은 가나의 수도 아크라
나는 꿈속에서도 비죽 웃음이 났다

'낮에 신문 좀 봤다고 아프리카에 와 있다니'
전자 쓰레기를 해체해 먹고산다는 사람들 틈에 끼어서
열심히 쓸 만한 것들을 골라내고 있다
컴퓨터를 부수고 얻은 금속 물질
'이걸 팔아 떠나야지'

걸핏하면 화를 내는 당신도 여기서는 순해지고
'도봉산역'행 버스가 오고 있다

이게 기부 물품으로 들어온 버스인가?
그렇다기엔 너무 낡았고 바닥엔 구멍이 뚫려 있다
착한 일을 했다고 믿고 있니?
이젠 누굴 위해서라고 말하는 게 이상해

아무도 원하지 않는 일이 늘어난다

쓰레기 더미에서 쓸 만한 것을 골라내는 사람들과
국어사전에서 쓸 만한 단어를 골라내는 사람들이
뜻하지 않게 의정부와 망월사에 가깝고

장암역에 가까운 버스를 타고 가는 중이다
한국어 노선 안내 방송도 그대로다
문만 열고 나가면
등산객들 우르르 쏟아져 나올 것만 같다
버스 뒤로 먼지가 이글거린다

여기서 우리 동네 마을버스를 다 타보네

* 「지구 반바퀴 돌아 폭탄 됐다… '죽은 백인의 옷'이 만든 쓰레기
  산」, 중앙일보 2021년 10월 9일.

블루베리를 씻어 요구르트에 섞어 먹는 아침

언니, 이제 와서 하는 말이지만
우유 받으러 갈 때가 제일 좋았던 것 같아

이모랑 엄마랑 하던 우유 얘기 그건가보다

우유 배급을 받으러 온 아이들
중구 만리동
1955년
정범태 기증

그저 냄비 들고 뛰어가 줄을 서고
카메라가 있어서 얼굴을 내어준

언니, 블루베리를 요구르트에 섞어 한입 뜨는 내 얼굴은
누가 볼 수 있을까

그땐 그랬구나
몰라도 알 것 같은 느낌
이소연 기증

구름처럼 천진한 흑백사진 한장
까마귀와 눈이 마주친 듯 들여다본다

까마귀를 보면 계속 보고 싶어져
내가 본 것을 확인받고 싶어서

포니 몰고 경비실 담장을 무너뜨리고
삶을 망칠 뻔했던 아빠는
여전히 차 없이 다녀

과거를 잘 넘기고 나면
복을 준다고 말했지

왜 과거는 어리석게 살아도
지혜로 보일까

서울생활사박물관
믿어보고 싶은 저 생활의 피부 앞에서

성실하다는 말을 갖고 싶다

생활이 해진 나는
의자가 사람을 비워내듯
마음을 비워내기 바쁘고

블루베리를 듬뿍 올린 플레인요구르트를 떠먹는다

사람 없는 그림을 보다가

나는 사람을 그려요
자화상도 좋고요 잠을 자는 사람
앉아 있는 사람 누워 있는 사람
얼굴을 가진 사람을 그리지요
눈과 눈썹은 거의 그리지 않지만요

나는 얼굴 때문에 모든 것이 살아 있다고 믿는 편이죠

감정을 긁어내기 좋아서
침묵으로 된 숲을 그리더라도
나무가 아프게 그리지요
그림 속에 있지만 그림을 떠나가는 얼굴로

나를 알아보는 사람은 아무도 없어요
오래 보고 오래 생각하게 하려고

눈 감고 있으면 비슷한 사람

그림으로 들어가실래요?

나의 부모님도 처음 보는 사람이 되게

숲이 깊어질수록 벌레들이 아름답군요
오래 보고 오래 생각하고 싶어요
작고 작고 작아진 것들

어디가 가장 아플까 궁금해요
어제 그려놓은 새가 종일 쉬지 않고 날았을 텐데

잊고 산다는 거, 그건 두렵죠 아름답고

화폭이 더 많이 필요해요, 오늘은 사륜구동 지프를 끌고
무거운 머리통을 뒷좌석에 내려놓았습니다

나는 걷는다

세화해변을 걷던 바람이 파도에 주름을 만들다가
윗세오름을 넘어온다
바람에 찍히고 꺾인 것
바람 문양을 가졌구나
내 발등에서 엎어지는 쇼팽의 음표들
반짝이는 것들은 깨져 있다

우린 솔직했고
상처받았지만
솔직함은 믿음 없이 불가능해
미래는 굳게 믿는 자에게
등을 보이지 않는대

그러나 나는 아직 작아지지 않았다
모래알처럼 그림자가 작아져야 한다
궁금하다, 작아져야만 걸어볼 수 있는 세계

글썽이는 마음이 미풍처럼 흔들릴 때
지금은 사라진 마음에

술잔을 기울인다

제주의 바위들은 죽어 눈동자를 갖고
흙이 된 사람들이 오르는 비자나무

내 무릎 속에서 새가 운다
삐걱삐걱 날개를 젓는다
동행하는 사람은
자꾸 뒤를 보라고 한다

왼쪽 귀로 듣는 음악이
폭설로 펑펑 쏟아질 것만 같아
쏟아지는 고립
고립을 뚫고 듣는 내 엷은 숨소리

돌연 세상 모든 것이 투명해진다

밤에 먹는 사과

안아줄 걸 그랬다

누구?

안경 쓴 사람
금테에 새로 도착한 저녁 빛이 엎드려 잠들 것 같은

그런데 그냥 갔어

창문을 닫고
사과 한알을 씻었다

밤에 먹는 사과는 나쁘다던데
사과가 어떻게 나빠
내가 나쁘지
아침이 너무 멀어서
후회하고 싶은 인간이 있다
후회는 인간을 통해 말하고 싶어 한다

차에서 내린 사람이 창문을 향해 돌을 던지는 밤
그게 무엇인지 모르는데도 돌이라고 말하고 싶어 하는 나
를 발견한다

한입 먹고 놔둔 사과가 갈변한다

누군가 내게 묻는다
그 사람 손 봤냐고 정말 아름답지 않냐고

코번트리 부인이 앙코르와트에서 가져오지 못한 것들 1

바이온사원의 돌들로 돌아가는 침묵들
마음에 드는 부조 앞에서 사진을 찍는다

코번트리 부인 제 몸이 길이지만
길을 모르고
앙코르에선 모든 길이 노을로 통한다고 했다
가이드는 겁을 준다
길을 잃고 나오지 못한 사람이 있습니다
서문으로 들어가서 서문으로 나올 거예요
이탈하시면 오늘 안에 못 돌아옵니다

일몰을 보기 위해 바켕산을 올랐지만
해가 지기 전에 돌아왔다

일정표엔 일몰 후 이동
어두워지면 위험합니다
위험을 무릅쓰고 노을을 쓸어 담는다

여행 중엔 일행이 모두 식구라지

저녁을 먹는다 어둠 속에서

전기를 수입합니다
전력이 약해요
기다리면 다시 켜집니다
기다리세요

나쁜 마음을 먹고 싶지 않아요
나의 일기를 훔쳐 읽는 이여, 내가 착한가요?

죽도록, 중랑천

여름엔 속이 훤히 보인다
당신이 그만큼 맑다는 뜻이다

어디 모래가 많은지
어디 안장 없는 자전거를 버렸는지
내가 다 안다고 믿는다
당신이 이렇게나 맑은데
모르면 다 내 잘못이겠지
기록하지 않는 이 밤 어디쯤
물고기떼처럼 리듬체조를 한다

기록하지는 않는
이 밤 어디쯤에서

당신은 나를 비난한다
잔소리 좀 그만해!
그런데도 우리는 중랑천을 걸으면서
'다정한 것이 무엇일까'
'다정은 어떻게 생겼나'

물소리가 소음이구나
불어난 중랑천이 장관이구나

여름이 흙탕이다
당신이 그만큼 엉망진창이라는 뜻이다
속을 모르겠다

화낼 건 다 내고 싶다
사랑한다는 말은 믿을 게 못 된다

붉으락푸르락하는 것이 섞여 흐른다
6호 태풍 카눈이 지나가고
웅덩이엔 쓸려 가지 못한 물고기들

중랑천은 범람하지 않았다
동부간선도로도 통제되지 않았다
찌르륵찌르륵 우는 풀벌레들 씹고 사는
너구리 세마리를 바라본다

오늘 아침 뉴스에는 양식장 우럭이 뒤집어져 있다
가둬놓고 죽이는구나

거기가 죽을 자리가 아닌데
너구리에게 밥을 주는 온전한 사람이 많아진다

죽도록 미워하려고
중랑천 끝까지 걸어가는 동안
죽도록 사랑하고픈 마음이 생기고 난리다

충실한 슬픔

올림픽이나 아시안게임이 치러질 때마다
너무 넓어서 버려진 학부 캠퍼스가 떠올랐다
슬픔에 잠겨서도 계속 사랑을 했다
질문에 답하다보면 충실해졌다
내가 쓴 소설 속에는 언제나 훌륭하고 괴팍한 남자가 등
장했고
여자들은 여자를 사랑했다 그리고 그것을 아무도 믿지 않
았다

태릉은 문정왕후의 능이지만 가본 적이 없고
태릉선수촌은 심장이 불타는 세상인가 싶다
현수막만 봐도 움켜쥐고 싶은 게 생긴다

심장이 타서 없어지면 손이 생기고
그 손이 타서 없어지면 심장이 생기는
그제야 시곗바늘이 보이는
급기야 길과 기회가 한 몸이라는 것을 알게 되는

거기도 사랑은 있겠지

꺼진 적 없고
먼지 내려앉을 시간조차 없어도
보고 싶겠지
다리와 눈과 팔의 쓸모가 이렇게 다채로운 줄 몰랐겠지
선수들, 역기들, 칼과 활과 물과 바람

발뒤꿈치에서 평계를 배우는
저 숲길처럼 어두운 곳으로
들어가야만 불길한 일이 생기지 않는다

가야 한다, 일어서야 한다, 들어가야 한다
가로수마저 제 그늘을 역기처럼 들고 서 있다

한여름에도 집을 내려놓을 줄 모르는 달팽이처럼
누가 훔쳐 갈까봐, 정말이지 더는 못 해 먹을 때까지
불행을 믿듯이 젊음을 믿었다

내가 쓴 나의 여자들은 하나같이 엄마를 미워했다
밥은 꼬박꼬박 먹이면서 살찐 딸을 용서하지 못하고

남자를 멀리하라고 하면서 때가 되면 결혼하길 바랐으
므로
　그러나 여자가 금기하는 세상은 없었네

　어제는 태릉입구역 근처 미용실에서 머리를 자르며 태릉
선수촌을 생각했다
　내 머리카락을 쓸어 담는 사람이 충실하게 허리를 굽힌다

경춘선 숲길

누가 숲길에 묶인 피아노를 치고 있나봐요

피아노는 다리 한쪽이 없습니다
피아노 줄은 빗소리에 흠뻑 젖어 있습니다
아직 녹은 피지 않았습니다
달이 뜨는 밤 앞에 엎드린 피아노
검은 짐승 같고요

두가닥의 레일을 타고
청량리에서 갈매와 별내를 지나
가평과 강촌을 지나 춘천까지 여행하지요
눈 깜짝할 새 강이 일어서고
산이 구겨지고 지붕 위에 걸린 장마전선을
만나기도 합니다

남아 있는 철도는 건반처럼 아름답고
비켜서 있을 곳 없는 누군가
물에 젖은 달처럼 검은 건반을 두드립니다

피아노는 레일에 기대어 노래하고
나비 한마리,

도시의 나비는 가장 불가능한 때를 골라 나타나곤 했어요

믿을 수 없다고 말하며
계속 보게 만들죠

저 날갯짓 좀 봐요
글자를 훔치는 중
영혼을 퍼 담는 중

한걸음 가까이 다가갔을 때
나비가 달아났고
그랜드피아노 뚜껑이 닫혔다

듣는 동안

사람이 세번 늙는다는 말을 믿기로 했다

쇠 식는 냄새로 반생을 산 아버지
귀를 잃고
지나치게 밝은 잠만 잔다

산재보험금 기다리며
한여름을 보내는 동안

총명한 아버지
쓸데없이 배곯았던 일들만 쏟아내기 시작한다
아직도 혼자만 흙먼지 날리는 들판에 서 있다

폭설에 쓰러져가는 나무처럼
그리되었다

"귓속에서 귀뚜라미 소리가 나"

이제는

문질러도 지워지지 않는 검버섯을 키운다

늙으면 왜 허리부터 휠까
허리는 죽음이 꼬부라진
지팡이를 부른다

두툼한 손등처럼 엎드린
울분이여, 잘 참았구나
이제 노래를 부를 때가 된 것이다

어머니 장례식에 안 온 사촌 당숙 이야기
여기저기 큰일마다 찾아다닌 일이 다 억울하고
연 끊은 작은집 식구들이
맏이라고 동생들 뒷바라지한 것이
두고두고 후회된다는 아버지
후회 앞에서는 올곧기만 하고

벌어놓은 돈
다 쓰고 죽을 거라는

다음 주엔 대만에 다녀올 거라는
늙은 나의 아버지

그래요, 그래요, 그러세요

나는 휴대전화를 들어 '보청기 정부 지원금'을 검색한다

날도 추운데 왜 이리 졸음이 쏟아질까
한번 더 늙으면 후회도 없이 잠에 들까
쇠한 음표들이 떨어져 내린다

앨리스의 상자

혼자 있는 것이 이렇게 즐거워도 될까
혼자서는 밥도 못 먹으면서
내가 한편의 시를 쓰다가 죽는다면 네가 완성해줄 수
있니?
그보다 살아생전 같이 밥을 먹는 건?

누비이불처럼 잠들지 못하는 밤

보고 싶어서
사랑할 수 있다

따뜻하게 혼자서
번영할 수 있다

말할 수 있다면 벽이 되고 싶다
침묵할 수 있다면 새가 되고 싶다

저 깨진 거울은
좋은 것들의 그림자를 새기고 있다

차고 달고 딱딱한 비스킷을
개미들이 이고 가는 천장을 올려다본다

4월 25일은 世界 펭귄의 날
왜 이리도 추울까

나의 놀이동산에는 휴식이 없고
상자 속엔 이미 죽은 것들로 가득해

봄은 언제 와?
기다리는 동안
껴안을 수 있다
맨발로 서서 백년을 보낼 수 있다

신발을 신고 거울을 보고 담배를 태운다
어지럽고 기분이 좋아지고 있어
배가 고픈데

아, 내가 깜빡 잊은 게 있는데
내 이름은 앨리스야
얼마 전에 결혼했어
벽아, 듣고 있지?

침묵도 입술을 연다

함석헌 방에서 본 간디*가 빠져나와
십일월의 앞마당에 떨어진 감잎을 본다
함석헌도 나와 있다
그럴 리가 없는데

나는 어쩌자고 세상의 위인 중에서
함석헌과 간디를 만나나
초등학교 때 쓴
일기장에서 간디는 할아버지

비 온 뒤의 햇볕은 나뭇잎까지 와서
무엇을 하러 왔는지 잊어버렸다
왜 여기에 왔지?
마당을 밟고 있는 그림자가 포근하다
초겨울인데 모기들이 내 살갗 위에 겨울을 숨겨놓고
웽웽거린다
저 티끌보다 작은 것의 소리가
말보다 먼저 들린다

이상하게도 간디와 함석헌의 말은
들으려고 하면
조용한 낙엽이 날아와 발목에 걸린다

그런데 나는 왜 여기에 왔지?
십일월의 먼지들이 떠들며 날아가고 있다

속으로 속으로만
침묵도 입술을 여네

* 도봉구 쌍문동에 위치한 함석헌기념관에는 함석헌 선생의 서재
를 재현해놓은 방이 있다. 벽면에 간디 사진이 걸려 있다.

머그컵

하나의 식탁에 세개
두 사람 사이에 두개
의자는 다섯개

있고
있고
있다
날마다 있다

오래된 슬픔
머그컵이 되면 좋을 텐데

머그컵은 놓아줄 때를 기다린다
마음이 있는 것 같다
빛이 헝클어지고 있다

작고 반듯한 머그컵
치울 때마다
동그란 자국이 생겼다

제 3 부

새로운 이끼

내 안에 누가 있다

나는 잠들지 않는다
한쪽 유방에 밀약의 모국어를 파묻어둔다
매일매일 벗는 옷에서 떨어져 내리는 당신의 얼룩들
그렇게 나는 혼자다

척추가 부서졌다고 두려워하지 마라
이제 얼룩 가진 것들을 가지고 놀면 되니까

나는 아무 데도 갈 곳이 없었다

두 눈동자만이 고쳐진 풍경을 걷는다

내 피를 닦아낸 거즈가 버려졌다
이제 사랑 따윈 믿지 않는다

오직 나는 나만 믿는다

오늘은 비가 내리고
출산 없이 지나가는 생활이 있다고 쓴다

불행을 추적하고 탐구한다
아무것도 탐구하지 않는 행복한 사람들을 탐구한다

나는 알게 되었다 마침내
내 안에 누가 있다

경건한 그림자

낮이 눕고 빛이 눕는 잠
잠도 찰랑거릴 수 있구나
납작한 잠은 팔이 저리고

냄새만 맡아도 위로가 되는
아이를 가졌다

조리원에선 수면 양말을 두켤레나 신으라 하고
낮잠 속에선 내복도 입지 않고
눈처럼 밤길을 싸돌아다닌다

밤이 푸르러지도록 내가 무얼 할 수 있을까
생각은 종이비행기처럼 접혀 있다

무슨 꿈을 꿨어?
좋은 꿈

기억하지 못해도
좋은 꿈

한때 나는 내가 누군지 모르고
나를 사랑하곤 했다

눈앞에 있는 작은 손우산을 펴보면
둥근 잠 속에 둥근 빗소리가 될까

어제는 내가 무서워하는 잿빛 거미를 죽였다
괜찮다… 괜찮다…
다른 세상은 없고
행복에 겨운 내 그림자

경건한 내 그림자 잠들어 있네
꿈을 걸어온 네가 잠들어 있네

사랑하기 때문에
허락되지 않는 일도 있지

내가 사랑한 손들은 다 어디에 숨겼니?
순수하고 맑은 손을 잡고 싶어

변명

이 상처로 말할 것 같으면
느린 내가
세인트메리대성당에서 빠져나올 때
생겼어

무르팍에 생긴 눈동자랄까
공포가 주저앉아 까진 시간이랄까
오후 네시에 깨진 것은 상점의 어둠
거리에 꺼뜨린 발걸음 소리

사람이 없으니까 골목에 갇힌 기분이야

오줌이 마렵다는 말을
영어로 어떻게 하지?
급해 죽겠는데
호텔 이용객들만 갈 수 있단다

"헬프 미"
웃음이 터졌다 모두가

비밀번호가 적힌 쪽지를 받아
계단을 오를 수 있다는 게
삶의 묘미

무르팍에 붙여놓은 밴드에서
피가 새고
청바지에 얼룩이 배고
걸음걸이는 불안해
땅만 보고 걸으니까
아까 그 돌부리는 나를 해칠 의도가 없었대

이 상처로 말할 것 같으면
체면 따위 신경 쓰지 않아도 좋을 시드니에서
가져왔어
아직은 일이 아닌데 서울에 도착하면
일이 되겠지 상처는 푸르고 팍, 찢어졌으니까

해몽

종이에 싸여 있었다
풀어보지 않았지만
사람이다

현관에 떨어뜨린 우편물처럼
당신이 갑자기 눈에 띈다면 좋겠지만

수취인은 쓰여 있지 않았다

나는 그것을 식탁 위에 올려둔다

살아 있다면 이렇게 납작할 순 없다

종이에 귀를 대어보면
숨소리가 들렸다

눈이 번쩍 뜨였다

우리가 숨을 쉰다는 게

이렇게나 놀랍다

생각을 들킨다는 게

말끝마다 죽겠다지
살고 싶어서

신발을 신고 나가

복권방 옆 꽃집에서
튤립을 한다발 샀다

음력의 가계

할머니 제사는 매년 돌아오지만
엄마 배 속에서 죽은 오빠는 돌아오지 못한다

달력 속 음력은 늘 작은 글씨

죽은 사람은 물결로 떠오르고
산 사람은 땅에서 씨를 뿌린다

생일이 매년 바뀌는 사람과 살고 있는 나도
음력 뒤에 오는 봄이 좋아진다

오곡밥과 고사리, 무, 건취, 곤드레, 표고
이것들은 모두 달의 뿌리에서 나온 것

밖에 눈이 온다
음력 눈이다
물이 많은 눈이다

양서류적인 코번트리 부인

애초에 손쓸 도리가 없었다
결국 하던 대로 하게 되는
물결이다

양서류의 아랫배처럼
끊임없이 흘려보내고
함께 흐른다
조금 다른 물질들의 함량을 이해하면서
물과 밖을 잇는다

숨을 쉬는 거지?
사랑을 하다보면
그게 궁금하다

내 웅덩이를 드나드는
발가락들 사이에 물갈퀴가 있었다
마른땅이 발자국에 젖어버리면
몰랐던 말을
듣게 되고

새로운 이끼를 알게 되었지
그러나 나는
여전히 그대로인 세상 앞에 엎드린다

혹시
이렇게 저렇게 하면
이렇게 저렇게 되고
사실은 그쪽도 그 나름 손써볼 수도 있었던 거 아닐까
나의 무능이며 나의 재능이
난삽해지고 싶어 한다

여전히 네가 보고 싶다
여전히 처음을 지우지 못하며
여전히 호수가 생각난다
여전히 밤을 낭비하고
몸이 있어 새벽이 차다
물 밖의 슬픔은
여전히 믿기 어렵다

숨을 쉬는 거니?
그거 말고는 정해진 게 없어서
그것에 대해서만 묻는다

완벽한 이야기 1

피곤하면 구두 굽이 나간다
굽을 갈면서
한쪽 굽이 빠져도 모르고 걷는 사람이 나만은 아닐 거야

남편은 날 싫어해
지구에 산다는 걸 깨달을 때처럼 싫어해
벗어날 수 없는 것들
나무는 나무를 벗어날 수 없고
인간은 인간을 벗어날 수 없고
새는 새를
눈은 눈을

하필이면 눈이 와서
왜 걸어가는 아이에게 눈을 던졌니?

애가 맞았다는 전화를 받고
장례식장에서 돌아오는 길이다

손이 떨린다

세상은 눈을 가린 상태에서 회전하는 룰렛 게임
애가 다친 줄도 모르고 웃었어

"오천원 더 내면 닦아드려요"
애가 맞았는데 구두를 닦아도 되는 걸까

내가 나를 벗어날 수가 없네
걸어가는 것 말고는 아무것도 할 수 없는, 우이천 변
구두코가 돌멩이처럼 맑다

완벽한 이야기 2

원고는 밀려도 써지지 않고
그게 원고의 버릇
한 사람의 버릇을 사랑한 적이 있다
나는 밀린 원고가 싫지 않지

소설은 큰 거짓말이고
시는 작은 거짓말이라고 하던 사람은
내게 진실을 말해서 좋을 게 없다 했지
크게 생각하면 세상에 거짓말이랄 게 없고
작게 생각하면 거짓말 아닌 게 없다

불평을 갖는다는 게
지나치게 건강하다는 말 같다

애가 울고 있다
네가 왜 울어?

태국 국기는 모르지만
똠얌꿍 팟타이 푸팟퐁커리는 알지

멀리 있는 것을 그리워하는
인류의 버릇처럼
나는 피곤을 조금 먼 곳에 두고 오려고
죄송해요, 죄송합니다
사정하기 위해 쉬지 않고 걷는다

저 물빛도 밀려가고
밀려가는 것이 나쁜 것은 아니다
모래도 밀리다 언덕이 된다
나는 도망쳐 온 것
사실은 악의 없이 밀려서 온 것
걷다보니 내가 강하지 않다는 거
애가 우는데 졸음이 쏟아진다
갑상선을 떼어낸 외과 병원을 지나왔다
내가 나를 아는 일격, 이것은 완벽한 이야기

도깨비시장 그리기

먼저 딱딱이복숭아를 파는 과일 가게 골목을 그리자
전파사와 두붓집 사이
돈가스 파는 집이 있었지만 지금은 임대 문의
아 참, 농구공 바람을 삼백원에 넣을 수 있는
문방구를 잊지 말아야지
그런 느낌, 살아본 느낌
비닐에 싸여 거대한 포도송이처럼 매달린 돼지 저금통 뒤
에서
할아버지가 계산기를 두드리는 난데없이 그리운 시절
또 중요한 것이 있다면
빌라 모퉁이에 숨어 있는 우체국
보낼 책이 많은 나를 기다리고
너무 여전해서 잊기도 어려워
미래에도 더 미래에도

도깨비시장엔
얼마나 많은 숟가락과 젓가락이 살까
상호를 일일이 셀 수는 없지만
건너 건너 떡볶이를 파는 집과 빵집은 사이가 좋고

생선 가게와 과일 가게 앞에서
큰 바람 돌리는 대형 선풍기
파리들은 앉을 자리를 빼앗겨도 울지 않는다

한때 대통령이 와서 김밥도 먹고 라면도 먹은
분식집도 있다 거긴 김밥이 가장 잘 팔리지만 팥죽도 팔
고 꽈배기도 판다

도깨비시장을 그린다
야구르트 아줌마가 시장 입구에 서 있는
그냥 지나칠 수 없어 야구르트 만원어치를 샀고
소나기 오다 그친 오후
초등학생이 지나가고 교복 입은 학생들이 지나간다
천천히 냄새를 맡고 지나가는 뒤통수들 사이로
민첩한 오토바이 소리가 외풍처럼 드나들고 있다

오목놀이

오목은 사실 탱고 춤이야
너와 내가 발끝을 들고 싸우는 춤이야

봄꽃 피는 몽돌해변 위에서
너는 흰 돌, 나는 검은 돌이 되었지

검은 물새는 흰 알을 낳고
흰 물새는 검은 알을 낳는 몽돌해변에서
필요한 것은 사랑의 말이라고 믿고 싶어

밤과 낮이 나누어진 것도
저 오목놀이에서 시작된 것인지도 몰라

돌을 놓을 때마다
작은 파도를 벼린 모서리를 생각했어

왜 모서리가 둥글까
오목은 가장 아름다운 이름이야
너와 내가 주고받는 노래야

그러니까
잘게 갈라치는 돌싸움이라고 부르지 마

오늘 나는 흰 돌을
오늘 너는 검은 돌을
호주머니 가득 주워 왔지

나와 너는 더운 숨을 불어 넣듯
툭툭, 흰 돌 하나 놓고 검은 돌 하나 놓고
자유로운 다섯을 위해
뒤꿈치를 그리듯 툭툭, 한개의 세계를 빚었지
악담과 비난마저 돌 속에 가두면서

푸른빛의 말

여기가 어디냐고 묻지 마

나는 키 작은 푸른빛을 쫓아와서
여기가 어딘지 말하면서 죽었지

들키고 싶지 않다

밤의 해변 검은 바위

나는 원혼 같다
소문 같다

봤어?
못 봤어?

저 아래가
도깨비불을 쫓던 사람들이
무더기로 떨어져 죽은 곳이래

불에 홀린 사람들이
깨어나지 못하면 죽는대
어떻게 깨어날래?

벼랑에서 떨어지기 전
넘어지는 방식으로

피 냄새만이 뒤돌아보게 한다지

한쪽 해안선이 열리는 소리가 들려

저는 오래전에 죽은 불입니다
쫓아오지 말아요
홀리지 말아요
서러워도 사무쳐도
오래된 빛은 버려요

푸른빛을 쫓던 사람들만이
갈 수 있는 세상이 있었지

먼저 온 해변에는 아무도 없었다
나만 살아남은 것처럼

창 속의 내가 나를 보는 오후

피를 더 되게, 더 느리게 한다는 아이스크림이
나를 먹고 있는 오후
숲이 온종일 들고 선 글자
'베이커리 카페 OPEN'
나도 저 나무처럼 번쩍 들고 싶은 글자가 있는데
그건 엄지손가락
세자르가 조선소나무 아래 놓고 간 저 엄지손가락
여기선 모든 것이 엄지손가락
삼엽국화와 둥굴레 흰매꽃 돼지감자
땅 위로 엄지를 치켜든 것들아
제발 자신을 위해 기도해주겠니?

환절기도 환절기를 보내는지
나무와 새와 개구리 들도 목감기에 걸릴까
문득 스웨터 단추를 풀면서, 어깨에 붙은 실밥 하나 떼면서
귀가 멀어가는 아빠 생각
더이상 악에 받칠 일도 없는데
서러운 것이 자꾸 악이 된다 했다
여동생과 엄마는 일요일 오후 예배에 가 있으려나

기도 제목은 구체적이어야 한다며
언니, 무슨 기금이라고 했지?
야, 그런 거까지 알아야 해?
그냥 너나 잘되게 해달라고 해
아빠 귀를 고쳐달라고 하든가

난 왜 자꾸 옹졸해지는지
어제는 머리카락을 짧게 잘랐다
풍경도 잘라주면 잘 자라겠지
잔디깎이는 영화에서만 봤고
여기 어디 모란과 작약이 있다는데
나는 꽃의 크기를 알아서 가슴만 한아름 차오른다

나이 쉰살쯤 식물원 하나 차릴까
돌배나무 엄나무 매화나무 앵두나무 뽕나무 곁에서
내가 읽던 시집들, 얼룩져도 좋겠지
풍경을 반복하듯 침묵이란 말을 공부할까

소전미술관 창에 어제 가져온 강화도 갯벌을 포개놓고
기후 재난에도 새끼를 치고 싹을 내밀고 꽃을 틔우는 사월

알은척하는 사람 하나 없어 창 속의 내가
나를 보는 오후

제 4 부

맺히는 것들이 모두 비상구로 보여

거울의 방

어둠은 둘이서 견디기 좋은 추위야
그는 침대 그림자 속에 몸을 밀어 넣는다

맺히는 것들이 모두 비상구로 보여

그는 너무 쉽게 회개하네
나를 향한 광채를 보여줄 듯 말 듯
벽 뒤로 사라진 그는
나더러 죄목을 만들어 붙이는 취미를 가졌대

얼음을 깨물어 먹으면
손 닿지 않는 들판에서 내 늑골이 만져진다

용서한 적도 없는데 편안한 얼굴
뻔뻔스럽게 드러나는 창밖의 눈발들

그를 향해 침을 뱉으면
꼭 내게서 침 냄새가 났다

숲의 마감

숲은 롯데백화점 맞은편에 있다
꽃 진 자리 같은 입구
빛이 내려앉는다

숲으로 난 계단을 내려간다
영화가 상영될 때마다
돌이 일기를 쓸 때마다

책등을 쓰다듬고 싶다
계단을 밟고 내려가 진실한 책을 읽고 싶다

풀숲 어딘가에 당신의 문장이 떨어져 있어요
집어 드는 순간 나를 휘감을 수도 있고 물 수도 있다는 걸
알아요

숲을 그리고 싶은 사람이 새처럼 보인다
조용히 손가락을 움직이고 있으니까
가는 새의 발가락
새들은 발가락으로만 걷는다는데

생각은 손가락으로만 걷는지도 모르지

까닥까닥, 숲 밖엔 굵은 빗소리가
허벅지와 종아리 쪽으로 밀려든다

우산 몇개가 몸을 접으며 숲으로 온다
숲에는 우리가 믿는 지붕이 있다
작은 유리그릇이 믿는 올리브가 있다

다만 빈 곳으로 두는 숲의 전시
그래, 그때 그런 걸 했어

벽 속에 내가 상상한 것들이 나타났지
이를테면 가방 속에 숨긴 반딧불과
사이가 나빠질까봐 하지 못한 말들을 적은 노트와
오로지 나에게서만 광휘를 뿜어내던 포플러나무 한그루
어제 꿈에서 본 포도나무와 관념적인 굴과 레몬
얼마 동안 꿈꾸지 않은 것들이었지

해와 달이 서쪽에서 뜨는 숲,
어디에서 날아왔는지 모를 무당벌레 같은 시를 쓰고 있다

밤에 핀 코스모스같이 흔들렸지
결심이라는 말은 흔들리기 좋지

옮겨 앉을 준비

빛은 더이상 가렵지 않은가보다
그 누구도 사랑을 말하지 않으므로
불빛 아래에서 잃어버린 지도를 펼쳐 보는 사람과
즉석 복권을 긁는 사람은 어떤 면에서 다른가
금은방을 턴 사람이
다이아몬드가 든 가방을 버렸어
모르면 모든 걸 버릴 수 있다

빛을 버리고 싶었던 적 있다
빛이 이렇게 아름다운 줄 몰라서

풀숲을 뒤집어쓴 것이 풀벌레 울음
풀벌레 울음을 뒤집어쓴 것이 풀숲

"무거워서 가방 하나를 버렸습니다"
도망치고 싶을 땐 아름다운 것들이 무겁지
영원히 찾을 수 없는 것이 되어도 좋니?

밤의 몸이 출렁출렁 쏟아질 것 같다

저 울음이 가을밤의 힘줄이라는 거
새가 된 불빛들
기린이 된 불빛들
사슴이 된 불빛들
정원에 모여 녹슬어간다

실외기의 소음은 이렇게나 뜨겁고
풀벌레 울음은 점점 차가워지는

불빛보다 더 불빛 같은 정원에서
내 꺼지지 않는 가려움증

콧잔등에 벌레가 붙은 줄도 모르고
야경은 아름답다

늦여름과 초가을 사잇길에서 반짝이는 것들
의자 하나 내어놓고 옮겨 앉을 준비를 한다

코번트리 부인이 앙코르와트에서 가져오지 못한 것들 2

앙코르와트의 인공 호수를 건넌다
매일 똑같은 수위를 유지하는 미물의 물을 건너
천상계의 물이 말라 있는 것을 본다
왕이 씻은 물로 신하가 씻는다면
부끄럽겠지
물에 둥둥 뜬 때를 볼 텐데
난 때가 많으면 부끄럽던데
가파른 계단 앞에서는
신마저도 공손해지겠지만

코번트리 부인은 일기를 쓴다
허리를 펴고 두 발로 오를 계단과
기어서만이 오를 수 있는 계단에 대해
나뉜 대로 나뉘어 살아가는 인간에 대해

나쁜 마음을 먹고 싶지 않아요
나의 일기를 훔쳐 읽는 이여, 내가 착한가요?

서울에 두고 온 아이를 애써 떨쳐내며

관광버스 안에서 앞사람의 노래를 따라 부른다

액을 쫓듯 아침마다 맡았던 향냄새
눈 떠보니 서울이다
그런데 왜 이렇게 춥나요? 보일러 좀 켜요
못 살겠어요

코번트리 부인
앙코르와트에서 뭘 했는지 모른다

혼자

소나무와 담벼락 사이로 뛰어든 고양이
두 발을 모으고 앉아 있다

고양이 동공은 여러겹의 가을빛
리넨 같은 저 겹을 열어젖히면
가슴이 흰 새에게 빼앗은 울음이 있을 것 같다

오후 다섯시가 되니까
따스한 것에 금이 간다
걷기 위해 발등을 부풀린 고양이
가옥 난간 위로 오른다

달빛에만 길어진다는 울음
눈을 감았다 뜨면 보이는 것을 꺼내놓는다

구두와 화분, 모자와 새는 양동이 혹은
뒤돌아 뛰어가는 골반, 골반들

다리를 오므리는

무당벌레 같은 달이 대로변에 올 즈음
고양이는 혀를 내밀어 어깨를 핥는다

혼자, 꿈꿀 곳을 생각한다
피 낼 것을 찾는 고양이처럼

코번트리 부인의 튤립 한송이

캄보디아는 여름
서울은 겨울
당신과 나는 여전히 냉전 중이다

그만하라는 말에는 움직임이 들어 있다
소리치는 그에게서 고요를 느낀 적 있는 것처럼

서로 잘 붙는 것은 무겁고
서로 붙지 못한 것은 휘날린다

당신과 통한다고 생각했는데
통로 끝엔 자물쇠로 잠긴 철문이 있어
돌아간다

느긋하게 하품이나 하며
해가 진 철길을 한참 걷고 싶다

진짜 일찍 나왔는데
시간을 잘못 본 거 있지?

시계 안의 시계가 죽었다는 얘기

믿어야 할까
아까 먹은 수끼 때문에 속이 더부룩하다

갈등은
튤립 한송이

튤립만 보면 아무것도 기억하지 못하는
코번트리 부인
낭독회에서 돌아와
열두시간 동안 잠을 잤다

나만 모르는 것들
튤립이 있어 진심으로 밝아진다

작게, 굽은 등을 하고

사람과 사람 사이에서 배롱나무를 본다
백년 동안 뿌리 내릴 곳을 찾는다는 그늘을 본다

시 한 구절이 작게, 굽은 등을 하고
내 빈 종이를 들여다본다

한 발로 서 있는 새가
물에 빠진 바닥을 찍어 올리듯

새들의 안부를 묻는 아무*

그림을 좋아하면 액자가 될까

액자가 된다면
난파선에 붙어 있는 패각류의 아름다움을 가질 수도 있다

붉은 벽돌 건물처럼

밤모섬의 의자와 무릎을 가질 수도
곤의 입이나 붕의 눈물을 가질 수도
밤이 담긴 작은 접시를 가질 수도 있다

살 만한가 묻지 않아도
빛이 지는 지평선과
빛이 오는 수평선을
담아 올 수 있다

여행자의 눈을 담아 올 수 있다

지난겨울 나는 여름에 다녀왔지만

그런 장면은 왜 물거품 같은지
가지고 싶게 해
소현문은 나의 옛 이름 같고
나는 이름에 나 있는 문을 여닫고 싶다

나는 침묵하고
나쁜 말만 골라 쓰며 나를 반성하고
왜 가장 만만한 것이 엄마인지 분노했던

그러나 새들의 안부를 묻는 아무가
나였을 때
눈보라 휘몰아치는 겨울밤
눈발 하나씩 엮어 눈사람의 목도리를 만든다
서쪽 도시가 파묻혔다
아이들이 썰매를 끌고 여름으로 간다

물에 빠진 구름을 본다
물 밖에서 죽은 물고기보다
물 안에서 죽은 물고기가 많아

세상을 탓하기보단 존재를 의심하게 된다

방류

이제 이런 단어는 오염되었고

다만 당신이 본 것을 믿고 싶어요

낙관처럼 죽은 척 살고 싶었으나
지금은 그저
시의 몸으로 섰다

정지영의 타이포그래피
액자 속이다

* 갤러리 '소현문'에서 있었던 김우경 이소연 장보윤 정지영 정해
   나 단체전의 제목. 이소연의 첫 시집 『나는 천천히 죽어갈 소녀
   가 필요하다』에 수록된 시 「한강」의 첫 문장을 가져와 변용한 것
   이다. 이 전시에 출품된 작품 목록 중에는 장보윤의 「밤모섬」, 정
   해나의 「곤의 입」 「붕의 눈물」, 김우경의 「밤이 담긴 작은 접시」
   가 있다.

서진이의 하굣길

어디까지 왔어?

저요? 지금 나뭇잎까지 왔어요

나뭇잎은 너무 많잖아

아니요, 그런 나뭇잎 말고 제가 있는 나뭇잎이요

이제 어디까지 왔어?

벽돌까지 왔어요

벽돌은 너무 많잖아

아니요, 그런 벽돌 말고 중학생 닮은 벽돌이요

벽돌 어디가 중학생을 닮았을까?

이제 꽃 있는 데까지 왔어요

꽃이 피었구나?

네, 꽃이 피었어요

너무 많은 세상에서

단지 집과 가까워지고 있다는 믿음으로

아이가 엘리베이터 앞이라고 할 때까지 묻는다

어디까지 왔어?

묻는 동안 아이는 떠나지 않는다

집

포플러나무는 새처럼 가벼운 빈집을 안고
흔들리네, 구름 묘한 날갯짓을 따라

손등을 부딪치며 걷는 기분으로
모조리 잃었다 싶을 때 다시 언뜻이

그럴 때면 목소리가 아주 예쁜 새가 울지
빛의 잎사귀처럼

보풀

몸엔 많은 모서리가 숨겨져 있다
양 한마리를 껴입고서야
모서리를 본다

보풀이 일어나야 사는 것도 있다
달과 부들이 그렇고
사마귀알집과 누에도 그렇다

보풀은 지구에서만 자라는 풀
마찰이 있는 곳에서만 돋는 풀

늙으면 가장 먼저 발뒤꿈치에 핀다는 풀
죽음이 스치는 동안 피는 꽃
너와 나

구멍 난 양말과
친구의 뒤꿈치 각질을 신기해하는 얼굴이
보풀처럼 남아 있다

보풀은 매일매일 입고 벗는 숨에도
그림자에도 피어 있지만

한여름 웅덩이에 모인 소금쟁이
면도날을 가지고 다니는지도

윙윙, 보풀제거기 돌리는 소리
겨울밤 한가운데로 스며든다

왼쪽 아랫배와 옆구리와 손목에
보풀이 자란다
이슥한 보풀
점점 뾰족해지고 있다
보풀떨이 중인가보다

필요한 것은 사랑의 말*

김태선

　"하나의 껍데기를 부수면 두개의 콩이 들어 있다". 이소
연의 두번째 시집 『거의 모든 기쁨』(아시아 2022)을 닫는 시
「홍콩 땅콩」의 마지막 문장이다. 이 작품에서 시의 목소리
는 "이공대 시위가 한창인" 현장 한편에 "돗자리를 깔고 앉
아" "집에서 싸 온 음식을 나눠 먹고" 있는 홍콩 가사도우미
들의 정경을 노래한다. 시위가 벌어지는 상황 한가운데에서
도 여느 때와 다름없이 일상을 영위하는 이들에게서 시인은
"어디에든 평화가 깃들 수 있다"는 사실을 발견한다. "하나
의 껍데기" 안에 서로 다른 "두개의 콩이 들어 있"듯 '하나'
와 '다른 하나'가 늘 함께 존재하는 모습은 시인으로 하여금
삶에 귀를 기울이고 말을 건네도록 이끄는 삶의 독특한 비

　* 이 제목은 이소연의 시 「오목놀이」에서 가져왔다.

밀이자 질서를 상징적으로 보여준다.

첫 시집 『나는 천천히 죽어갈 소녀가 필요하다』(걷는사람 2020)에서 "뾰족해지고 싶다는 건/다시 살아보고 싶다는 것"(「연필」)이라고 노래하였듯이, 이소연의 시는 눈앞에 드러나는 모습 이면에 '다른 하나'가 함께하고 있다는 사실에 주목한다. 이러한 기조는 세번째 시집 『콜리플라워』에서도 이어진다. 시집을 여는 시 「우리 집 수건」에서 시인은 삶을 구성하는 일상의 사물 가운데 작은 것들에 시선을 모으면서 그 이면에서 펼쳐지는 거대한 흐름을 살핀다.

「우리 집 수건」에서 노래하는 '나'의 이야기들은 우리가 생활하는 가운데 겪을 법한 일상적인 풍경을 다룬다. "지푸라기같이 뻣뻣한 수건을 걷으며/해가 참 사납구나"라는 대목은 건조된 수건을 걷어본 이라면 누구나 공감할 수 있는 표현이다. 그런데 단순한 감상을 표현하는 것 같은 이 말의 이면에는 "뻣뻣한 수건"에서 '해의 사나움'을 읽어내듯, 보이는 것 이면에서 이루어지는 움직임을 향한 응시가 함축되어 있다. 하나의 사물은 그 자체로만이 아니라 언제나 다른 무언가와 관계를 맺은 채 존재하며, 그렇게 연관을 이루어온 이야기들을 제 몸에 쌓는다. 이렇듯 보이지 않는 이면에서 이루어지는 일들에 시선을 던지면서 '나'는 "수건 속에는 무엇이 있는가"라고 물으며 '수건'이 담아내는 것들을 탐색한다.

수건은 시간을 옮긴다 냄새를 옮긴다

수건이 수건에서 빠져나온다

내가 발을 닦은 수건으로

남편이 얼굴을 닦는다

발을 닦은 수건이 얼굴을 닦은 수건보다 더러울 것 같
진 않은데

발이 알면 억울할 일

말하지 않기로 한다

시를 읽다가

발 닦은 수건으로 얼굴을 닦은 걸 알게 될 수도 있다

수건이 나를 두른다

──「우리 집 수건」 부분

'수건'은 "시간을 옮긴다 냄새를 옮긴다". 그렇기에 '나'에
게 '수건'은 그 자신을 넘어서는 존재이기도 하다. 이에 대해
시의 목소리가 "수건이 수건에서 빠져나온다"라고 말할 때
독특한 미학적 현상이 일어난다. '수건'은 타자와 만나 삶의
이야기를 실어 나르는 존재가 되기에 자기 자신인 동시에
자신을 벗어나는 차이 지음의 움직임을 수행한다. '시간'을
옮기고 '냄새'를 옮기는 '수건'은 개체로서의 한계에 갇히지
않고 자기 바깥으로 뻗어나가게 된다. 이러한 미학적 움직
임을 살피는 가운데에서도 우리가 간과해서는 안 되는 사실
이 있다. 이 '수건'이 '우리 집'에 있는 사물이라는 점이다.

'나'가 살피는 '수건'은 '우리 집'에서 가족들이 생활하는 가운데 함께 공유하는 물건이다. 그렇기에 "내가 발을 닦은 수건으로/남편이 얼굴을 닦는" 일이 일어나기도 한다. 어느 가정에서든 일어날 수 있는 평범한 일이다. 이때 '나'의 속마음으로 보이는 표현이 이어진다. "발을 닦은 수건이 얼굴을 닦은 수건보다 더러울 것 같진 않은데"라는 발언은 일견 엉뚱해 보이지만 따지고 보면 이치에 어긋나지는 않는다. 이러한 생각을 하는 까닭은 남편의 잔소리를 예상하며 갖게 된 자책의 감정 때문일 터이다. 그런데 '나'는 이러한 상황을 "발이 알면 억울할 일"이라 여기기도 한다. '발' 역시 '얼굴'과 동등하게 중요한 존재라고 생각하기 때문이다. 남편에게는 이러한 사정을 "말하지 않기로 한다"고 하였지만, 역설적으로 그러한 이유 때문에 "발 닦은 수건"에 관한 이야기를 시에 담게 된 것이다.

이와 함께 일종의 반전과 위반이 일어난다. 남편이 "시를 읽다가" 이 모든 일을 알게 될 것이라고 '나'가 예상하는 바를 시의 목소리로 전하는 것이다. 이러한 움직임은 생활과 예술을 가르는 경계를 무너뜨린다. 즉, 삶을 시로 옮기는 동시에 시 자체가 삶이 되도록 한다. 이를테면 「숲의 마감」에서 노래의 배경이자 대상이 되는 곳은 시민들의 생활과 닿아 있는 도시 안의 한 문화 공간이다. 그러한 장소의 이름을 빌려 "숲은 롯데백화점 맞은편에 있다/꽃 진 자리 같은 입구/빛이 내려앉는다"라고 말하는 순간, 삭막하게 느껴졌던

127

도시 한가운데에 숲이 조성된다. 시와 함께, 실제 장소에 눈앞에 보이지 않던 비현실적인 공간이 열리는 것이다. 물론 경계를 무너뜨린다고 하여 각각의 고유함이 이소연의 시에서 사라지거나 희석되는 것은 아니다. 오히려 가장 구체적인 삶의 현장에서 이소연의 시는 그 이면에 보이지 않게 머물러 있는 것들에 시선을 던지면서 들끓는 침묵의 목소리에 귀를 기울인다.

이 시집에는 시인이 실제로 거주하는 지역의 생활상이 담긴 작품이 여럿 포진해 있다. 가령 「도깨비시장 그리기」에서 시의 목소리는 서울시 도봉구 방학동에 자리한 전통시장의 정경을 현장감 있게 그려낸다. 이 시에는 언제나 같은 모습으로 반복될 것 같은 생활의 모습들이 담겨 있다. 그로부터 만나게 되는 "그런 느낌, 살아본 느낌"을 통해 일상의 삶에서 특별한 공간의 문을 열고 닫는다. "수건으로 열리고 닫히는 집"(「우리 집 수건」)이라는 표현과 같이 이소연의 시는 우리를 둘러싼 삶의 미시적인 감각을 섬세하게 다시 배열한다. 이로써 평범한 것들 안에 자리한 시적인 것들이 제 모습을 드러내도록 한다.

이 시집에서 우리는 '나'가 생활하며 만나는 사물들을 통해 상대의 이야기만이 아니라 자신의 이야기를 함께 노래하는 모습을 자주 만나게 된다. 이렇듯 '하나'와 '다른 하나'의 이야기가 나누어지는 가운데 우리는 그러한 이야기들이 이루어내는 보편적이면서도 특별한 관계맺음을, 어떤 사이의 움직임을 만나게 된다. 그중 이 시집의 표제작 「콜리플라워」에 등장하는 '콜리플라워'라는 채소는 이소연 시의 수많은 사물 가운데에서도 남다른 움직임을 보여준다.

시의 첫 연 "콜리플라워가 암에 좋다니까 사 오긴 했는데/어떻게 먹어야 할지"에서 엿볼 수 있듯이 '콜리플라워'는 '나'에게 익숙하지 않은 대상으로 보인다. "암에 좋다니까"라는 말처럼 아픈 몸에 도움이 된다고 하기에 처음 구입하게 된 식재료일 것이다. 그런데 두번째 연에 삽입된 댈러웨이 부인의 말은 '나'와 '콜리플라워'가 전혀 무관하지만은 않다는 사실을 일러준다. 이미 버지니아 울프의 소설을 읽은 경험이 있는 '나'에게 '콜리플라워'는 그동안 살아온 시간의 흐름 가운데 한 자리에 제 흔적을 남겨놓았던 것이다. 물론 "나는 이 말을 누가 했는지 헷갈린다"라는 말에서 짐작건대 『댈러웨이 부인』을 읽은 것이 꽤 오래전의 일이었을지도 모른다. 여기서 '헷갈린다'라는 말에 주목해야 한다. 이 표현은 기억의 흐릿함을 의미하는 데에 머무르지 않고 '하나'와 '다른 하나'의 구분을 무너뜨리고 그 경계를 희미하게 만든다. 또한 이러한 움직임은 시어의 음성적 차원으로 이어지면서 독특한 미학적 효과를 불러일으킨다.

진동벨이 울린다
암 걸린 애가 커피 가져와
암에 걸리면 맘에 걸리는 말이 많다

아픈 건 마음밖에 없네
눈 뭉치 속에 숨겨놓은 돌멩이를
믿고 싶다
흰빛이 나를 뚫어지게 쳐다본다

내가 한 말들이 맘에 걸려 있다
아파트 화단에 10층에서 떨어진 이불이 걸려 있다
—「콜리플라워」부분

"진동벨이 울린다", 이어서 "암 걸린 애가 커피 가져와"라는 말이 들려온다. '헷갈린다'라는 말에 이어 '울린다'와 '걸린다' 등 유사한 소리를 지닌 말들이 잇따른다. 비슷한 소리의 연쇄와 함께 특별한 연관이 있어 보이지 않던 말들이 긴밀하게 연결되고, 발음이 유사한 시어들에 강렬한 힘이 걸린다. 이러한 흐름은 "암에 걸리면 맘에 걸리는 말이 많다"라는 표현에 이르러 정점을 이룬다. '암'이라는 신체적 아픔에서 비롯한 '걸림'은 '맘'이라 표현된 정서적 영역의 모서리를 건드리며 타자의 말을 예민하게 받아들이도록 한다. "암 걸린 애가 커피 가져와"라고 말한 이는 그 말을 가까운 사이에서 건넬 수 있는 가벼운 농담 정도로 생각했을 것이다. 그러나 그와 같은 말은 "눈 뭉치 속에 숨겨놓은 돌멩이"처럼 '나'에게 상처를 입히는 것으로 다가온다.

그런데 '나'는 그 돌멩이를 "믿고 싶다"고 말한다. 이때

'나'는 "흰빛이 나를 뚫어지게 쳐다"보는 경험을 하게 된다. 마치 "눈 뭉치 속에 숨겨놓은 돌멩이"가 눈동자가 되어 '나'를 노려보는 것 같은 기분이 들었을 터이다. 그리고 그런 눈빛, 즉 '흰빛'은 '나'로 하여금 스스로를 돌아보도록 한다. 이제 '나'의 "맘에 걸려 있"는 것은 타인의 발언에서 "내가 한 말들"로 바뀌고, "아파트 화단에 10층에서 떨어진 이불이 걸려 있"다는 말처럼 '나'의 의도치 않은 잘못에 대한 기억으로 이어진다. 시에서 일어나는 일들은 '콜리플라워'와는 아무런 관계도 없는 것처럼 보인다. 그런데 '헷갈리다'와 '걸리다'라는 말이 연구개음(ㄱ)과 유음(ㄹ)의 음성적 조합으로 이루어진 것처럼 '콜리플라워'라는 말 역시 연구개음(ㅋ)과 유음(ㄹ)의 조합으로 이루어져 있다. 이렇듯 유사한 소리들이 이어지면서 무관해 보였던 것들이 서로 연결된다. 사이를 잇는 움직임을 통해 모든 사물은 보이지 않는 연관으로 엮이며 서로 영향을 주고받는다는 사실이 드러난다.

이처럼 "나는 이 말을 누가 했는지 헷갈린다"라는 표현에서 "헷갈린다"라는 말은 "걸리는 말"과 이어지고 서로 공명하면서 상대의 잘못으로부터 자신의 잘못을 생각하도록 한다. 이러한 흐름과 함께 "걸리는 말"은 단지 '언짢은 말'이라는 의미에 그치지 않고, '서로를 엮으며 잇는 말'이라는 의미를 이끌어 온다. 이러한 맥락에서 '나'와 '엄마' 사이를 연결해주는 동영상에 "깔리고" 있는 트로트 음악의 "나의 여인이 어쩌고저쩌고"라는 가사 역시 더는 무관하지 않게 들려온다. '나'와 '엄마'가 함께 얽혀 있는 공동의 삶을 성찰하도록 이끌기 때문이다. 이 역시 '나'에게 "맘에 걸리는 말"이자 "오래된 슬픔"(「머그컵」) 가운데 하나이다.

「코번트리 부인」에는 "방은 엉망"이라는 점에서 "아파트 화단에 10층에서 떨어진 이불이 걸려 있다"고 한 「콜리플라워」의 '나'와 어딘가 닮은 듯한 '코번트리 부인'이 등장한다. 코번트리 부인에게는 "뺨에 지울 수 없는 흉터"가 있다고 하는데, 이는 또 첫 시집에 수록된 「철」에서 "나는 여섯 살에/철조망에 걸려 찢어진 뺨을 가졌다"고 노래한 이와 닮은 데가 있다. 이에 비춰볼 때, 코번트리 부인을 시인의 페르소나라고 할 수 있을 것이다. 그럼에도 둘은 온전히 동일하지는 않다. 「내 안에 누가 있다」에서 "나는 알게 되었다 마침내/내 안에 누가 있다"라고 노래한 것처럼 이소연의 시에 등장하는 모든 '나', 그리고 페르소나는 자기 안에 다른 누군가와 함께하고 있기 때문이다. 이들은 '나'라는 공동의 장에서 함께하며 서로 대화를 나누는 목소리들이기도 하다.

언덕과 바다가 이어진 곳을 좋아하는
코번트리 부인, 보아야 할 것은 꼭 봅니다
그것이 책이든 영화든 죽은 외할머니든

할머니, 할머니, 백작 부인에게
벗은 몸으로 말을 타고 마을을 한바퀴 돌면

세금을 감면해주겠다고 말한 사람이

다름 아닌, 남편이래요

백성들의 고통은 여자의 고통이고

세상의 여자들은

남자가 할 수 없다고 생각하는 일을

해내면서 살고 있죠

—「코번트리 부인」 부분

코번트리 부인이 할머니에게 전하는 '백작 부인', 즉 고
다이바에 관한 이야기 가운데 "백성들의 고통은 여자의 고
통"이라는 표현에서 엿볼 수 있듯이 타자의 고통에 노출된
이는 그와 서로 연결되어 있음의 감정을 느끼게 된다. 모두
가 함께 공동의 운명에 속해 있다고 믿는다. 코번트리 부인
과 고다이바, 그리고 이소연 시의 목소리는 모두 자신이 고
통받는 이들과 함께 연결되어 있음을 느끼는 이들이다. 그
렇다, 코번트리 부인은 "보아야 할 것은 꼭" 보는 사람이다.
코번트리 부인은 앙코르와트에 가서도 "허리를 펴고 두 발
로 오를 계단과/기어서만이 오를 수 있는 계단에 대해/나뉜
대로 나뉘어 살아가는 인간에 대해" 보고 생각하고 "일기를
쓴다"(「코번트리 부인이 앙코르와트에서 가져오지 못한 것들 2」).
  시에서 언급하였듯이 남편이 고다이바에게 "벗은 몸으로
말을 타고 마을을 한바퀴 돌면/세금을 감면해주겠다고 말
한" 까닭은 그 일을 여성이 "할 수 없다고 생각"하기 때문이

다. 이는 남성의 이름으로 내세운 자의적 기준에 따라 여성의 한계를 정한다는 사실을 드러낸다. 그러나 시의 목소리는 그렇게 할 수 없으리라 남자들이 생각하는 일들을 "세상의 여자들"이 모두 "해내면서 살고 있죠"라고 전한다. 이로써 "세상의 여자들"이 '불가능'을 수행할 수밖에 없는 운명 가운데에 놓여 있음을 표현한다. 동시에 '남성의 목소리'가 부과한 '금기'를 무너뜨리는 일을 이들이 해내면서 살아가고 있다는 사실을 바깥으로 알리는 말이기도 하다.

금기를 무너뜨리는 일, 이는 사회적 규준을 어기는 일이기도 하다. 「휴 그랜트의 아내 코번트리 부인이 퓰리처상을 받았다」에서 '나'는 규범에서 벗어나는 일에 관한 이야기를 전한다. 이를테면 '나'의 꿈속, 코번트리 부인의 퓰리처상 수상을 축하하는 자리에서 테드 휴스가 그녀에게 "모자라서를 모라자서로 쓰셨어요"라고 속삭이는 대목을 보자. '나'는 꿈에서 깨어난 후에도 꿈속 장면처럼 "마감한 원고에서/꽃 이름을 잘못 쓴 걸 발견"하기도 한다. 그런데 시의 꿈속 장면은 단지 철자법을 실수한 일화를 제시하는 데에서 역할을 그치지 않는다. 꿈에 등장한 테드 휴스는 가부장적 질서가 만든 거짓된 삶에서 벗어나고자 했던 시인 실비아 플라스를 떠올리게 한다. 그렇다, 꿈속 장면은 남성이 여성의 잘못을 지적함으로써 가부장적 질서에 복속게 하려는 움직임을 상징화한 것이기도 하다.

「충실한 슬픔」에서 "그러나 여자가 금기하는 세상은 없었네"라고 한 바처럼 세상의 금기들은 '아버지의 이름' 즉 남성의 목소리로 이루어져 있다. 그러나 코번트리 부인은, 그리고 "세상의 여자들"은 "남자가 할 수 없다고 생각하는 일을/해내면서" 산다. 「휴 그랜트의 아내 코번트리 부인이 퓰리처상을 받았다」에서 "꽃 이름을 잘못 쓴 걸 발견"한 '나'는 오히려 "실수를 축하하는 문명이 있다면"이라는 말로 이루어진 가정법의 세계를 펼쳐 보인다. 철자를 틀리고 비행기를 놓친 이에게 축하의 말과 함께 선물을 건네는 일들이 이루어진다. 그럼에도 이러한 일들이 잘못과 실수라는 사실 자체는 변하지 않는다.

　　그러니까 실수의 진정한 의미에 대해서 생각해보고 있다

　　그를 옹호해야 살아남는 세계를 알아버렸으므로
　　실수를 축하하는 문명까지 만드는 지경에 이른다면
　　그것도 좀 너무하다 싶은데
　　꿈에서조차 여성의 실수에 주목한 것을 반성한다

　　나는 단지 여성의 성공을 조명하고 싶다
　　오롯이 축하하고 싶다
　　　　　　—「휴 그랜트의 아내 코번트리 부인이 퓰리처상을 받았다」
　　　　　　　　　　　　　　　　　　　　　　　　　부분

'나'는 "실수의 진정한 의미에 대해서 생각해"본다. "실수를 축하하는 문명까지" 만들며 "그를 옹호해야 살아남는 세계" 안에 머물고자 한 것, 나아가 "꿈에서조차 여성의 실수에 주목한 것"이야말로 진정한 실수인 듯하다. 다른 무엇에 기대지 않고 "여성의 성공을 조명하고 싶다"는 것이 '나'의 바람이었기 때문이다. 그러나 "좀 너무하다 싶은데"라고 다소 부정적인 어감으로 말하긴 했지만, "실수를 축하하는 문명"은 이 사회가 만든 규범을 유쾌한 방식으로 위반한다. 철자의 배열을 뒤바꾸고, "코번트리와 결혼"한 코번트리 부인을 "휴 그랜트의 아내"라고 표현함으로써 억압적 질서를 즐겁게 교란하고 익살스러운 움직임으로 '헷갈리게' 만든다.

삶의 감성적 질서를 다시 배열함으로써 시의 목소리는 "나뉜 대로 나뉘어 살아가는 인간"의 세상과는 다른 삶의 가능성을 펼쳐 보인다. 주어진 것들을 유쾌한 방식으로 전복하면서 특정한 하나의 정체성만이 권력을 갖는 방식으로 고착된 삶의 양식을 재편하는 방법을 탐색한다. 그 때문에 코번트리 부인은 "언덕과 바다가 이어진 곳을 좋아"한다. 「양서류적인 코번트리 부인」에서 노래한 바와 같이 코번트리 부인은, 그리고 시인은 물속과 지상 모두에서 호흡하며 사는 '양서류'와 같이 서로 다른 두 세계처럼 보이는 곳에서 동시에 살아가는 존재가 된다. "나의 무능이며 나의 재능이/난삽해지"도록 함으로써 우리가 대립하는 것으로 여겼

던 것들이 서로를 '헷갈리게' 하고 또 소통할 수 있도록 하
는 길을 모색한다.

산다는 것은 '나'와는 다른 것들과 모서리로 마찰을 일으
키는 일이기도 하다. 그렇다고 "상처 입지 않기 위해/서로의
가장 빛나는 뿔을 잘라"(「사슴뿔 자르기」)낼 수는 없는 노릇
이다. 존재하는 것들은 그 모서리를 통해 세상과 만나고 그
안에서 살아가기 때문이다. 이소연 시의 '나'는 존재하는 것
들의 모서리에 시선을 모으고, 모서리들이 만나 이루어내는
일들을 본다. 시인은 "보아야 할 것"은 보는 사람이다.

> 보풀은 지구에서만 자라는 풀
> 마찰이 있는 곳에서만 돋는 풀
>
> 늙으면 가장 먼저 발뒤꿈치에 핀다는 풀
> 죽음이 스치는 동안 피는 꽃
> 너와 나
>
> ──「보풀」부분

'나'는 스웨터에 일어난 보풀을 보며 "몸엔 많은 모서리
가 숨겨져 있다"는 사실을 발견한다. 스웨터를, "양 한마리
를 껴입고서야" 평소에는 눈치채지 못했던 모서리의 존재
를 깨닫고서 그 모서리가 이루어낸 또다른 존재, 즉 '보풀'
에 대해 사유한다. "보풀이 일어나야 사는 것"들에 대해 생

각하는 것이다. "달과 부들이 그렇고/사마귀알집과 누에도 그렇다"라는 말과 같이 식물과 동물 모두 제 씨앗과 새끼를 보호하기 위해 보풀을 일어나게 한다. 보풀은 그렇게 바깥의 충격으로부터 안을 지킨다. "지구에서만 자라는 풀"이라는 말에서 엿볼 수 있듯이 보풀은 살아 있는 것들을 지키는 존재이다.

보풀은 "마찰이 있는 곳에서만 돋는 풀"이기도 하다. 보풀은 홀로 제 모습을 드러내지 못한다. 언제나 한 모서리가 다른 모서리와 접촉함으로써 돋아난다. '마찰'이란 표현에서 알 수 있듯, 보풀은 '하나'와 '다른 하나'가 불화를 일으킴으로써 일어나는 것이다. 존재하는 것들은 저마다 다르다. "무지개는 빛과 물방울을 빌려 뜬 몸"(「애덤」)인 것과 마찬가지로 한 몸은, '나'라는 존재는 자기와 다른 것들을 만남으로써 실재한다. 서로 다르기에 그 어긋남을 맞춰 조화를 이루는 일은 필연적으로 불화의 과정을 경유하게 된다. 이러한 마찰의 과정을 통해 삶을 살 수 있게 하는 보풀이 일어난다.

균형을 맞추며 나아가는 삶의 과정을 시의 목소리는 "죽음이 스치는 동안"이라 이른다. 여기서 균형은 평형 상태로 움직이지 않음을 의미하지 않는다. 균형을 이룬다는 것은, "늦여름과 초가을 사잇길에서 반짝이는 것들"이 "의자 하나 내어놓고 옮겨 앉을 준비"(「옮겨 앉을 준비」)를 하듯, '하나'에서 '다른 하나'가 되어가는 순환을 이른다. 그리하여 나타남은 언제나 사라짐과 함께하고, 보풀이 일어난다는 것은 생명을 지키는 움직임인 동시에 다가올 죽음에 조금씩 익숙해져가는 일을 표현하기도 한다. 이러한 가운데에서 '너'와 '나', 저마다 다른 '우리'는 서로에게 말을 건네며 살아간다.「오목놀이」에서 노래하듯, "너는 흰 돌, 나는 검은 돌"로서 이루어지는 둘의 대화는 "너와 내가 발끝을 들고 싸우는 춤"처럼 보이기도 할 터이다. 그런데 이러한 과정은 '너'와 '나' 사이에서 서로의 존재를 나누는 일이기도 하다.

    검은 물새는 흰 알을 낳고
    흰 물새는 검은 알을 낳는 몽돌해변에서
    필요한 것은 사랑의 말이라고 믿고 싶어

    밤과 낮이 나누어진 것도
    저 오목놀이에서 시작된 것인지도 몰라

    돌을 놓을 때마다
    작은 파도를 벼린 모서리를 생각했어

    왜 모서리가 둥글까
    오목은 가장 아름다운 이름이야
    너와 내가 주고받는 노래야
                                    ─「오목놀이」부분

서로의 존재를 나눈다는 것은 "검은 물새는 흰 알을 낳고/흰 물새는 검은 알을 낳는" 일과 같이 '하나'와 '다른 하나'가 만나 타자로 되어가는 일이다. 서로 영향을 주고받는 가운데 다른 무언가로 되어감으로써 그렇게 생성되는 '다름'을 긍정하는 일이기도 하다. 이러한 움직임은 "밤과 낮이 나누어진 것"처럼 서로의 차이를 긍정하는 일과 함께한다. 서로의 존재를 나누는 움직임은 각자의 존재를 공유하는 일이기도 하지만, '다름'이라는 저마다의 고유함을 각자의 몫으로 할당하는 일이기도 하다. "발끝을 들고 싸우는 춤"은 그러한 의미에서 "너와 내가 주고받는 노래"이다. 이를 '나'는 '오목놀이'의 움직임과 같은 것으로 본다. '나'에게 "오목은 가장 아름다운 이름"으로 다가온다.

서로 노래를 주고받는 일, 이는 "돌을 놓을 때마다/작은 파도를 버린 모서리를 생각"하는 일이기도 하다. 모서리는 분명 바깥의 다른 무언가와 만날 때 마찰을 일으킨다. 서로 마찰한다는 것은 우리가 이 삶을 함께 살아갈 수 있게 하는 '보풀'을 만들어가는 과정이기도 하다. 따라서 한마디 한마디 말을 건네는 일은 조심스럽게 돌을 놓으면서 그로부터 일어날 파장을, '나'와 타자에게 미치게 될 영향을 고려하는 가운데 이루어져야 할 터이다. 이는 '너'와 '나' 그리고 '우리'라는 차이를 함께 생각하는 가운데 끊임없이 다르게 되어가는 움직임이자 그 과정을 긍정하는 일이기도 하다. 따라서 '나'에게 오목놀이는 "잘게 갈라치는 돌싸움"이 아니라,

"자유로운 다섯을 위해" '나'와 '너'가 "더운 숨을 불어 넣듯" 서로 말을 나누는 움직임이다. 이것이 시인의 사랑이다.

이소연의 시에서 사랑은 존재하는 것들의 차이를 긍정하고, '하나'와 '다른 하나'가 서로의 존재를 나누는 과정이다. "검은 물새는 흰 알을 낳고/흰 물새는 검은 알을 낳는" 것처럼 '나'에서 '너'가 되는 일, 타자가 되는 움직임이다. 나아가 서로가 함께 만들어갈 미래를 믿는 일이기도 하다. 사랑과 함께, 우리는 이 삶을 살 수 있는 것으로 만들어갈 수 있다. 이소연의 시에는 이미 많은 "사랑의 말"이 있다. 그럼에도 시인은 더 많은 "사랑의 말"을 원한다. 세상에는 다른 것이 많이 있고, 시인은 그러한 것들에 담긴 시(詩)를 보고 싶어 한다. "보고 싶어서/사랑할 수 있다"(「앨리스의 상자」). 시인은 한시도 사랑을 게을리할 수 없을 것 같다. "보아야 할 것"을 꼭 보기 위해 "걸리는 말"들과 함께 계속 걸어야 하기 때문이다.

金兌宣 | 문학평론가

밤마다 친구들을 사랑하다 잠든다.

시인의 말을 고민하는데, 자기 이름을 쓰라고 하는 친구
가 있었다.
누구의 이름을 쓰더라도 시인의 말이 되게 살고 싶다.
나를 가족을 다른 존재를 사랑하는 삶
그런 게 시인가 한다.

믿고 싶은 것을 믿는 심장이 뛰고 있다.

오늘은 가장 낮은 하늘을 쥐었다가 놓았다.
그늘 속으로, 산 것만 좋아하는 박새가 들어간다.

2024년 5월
이소연

창비시선 503

콜리플라워

초판 1쇄 발행 / 2024년 6월 5일
초판 2쇄 발행 / 2024년 7월 24일

지은이 / 이소연
펴낸이 / 염종선
책임편집 / 이주원 김가희 박문수
조판 / 박지현
펴낸곳 / (주)창비
등록 / 1986년 8월 5일 제85호
주소 / 10881 경기도 파주시 회동길 184
전화 / 031-955-3333
팩시밀리 / 영업 031-955-3399 편집 031-955-3400
홈페이지 / www.changbi.com
전자우편 / lit@changbi.com

ⓒ 이소연 2024
ISBN 978-89-364-2503-6 03810